CUENTO DE LUZ

A mis hijos, Helena y Álvaro, que de pequeños me fueron contando este cuento noche tras noche.

- César Blanco

A Momo, mi hada madrina. ¡No cambies nunca!

- Blanca Bk

Hoky el lobo solidario

5155 8228 4/13

© 2012 del texto: César Blanco
© 2012 de las ilustraciones: Blanca Bk
© 2012 Cuento de Luz SL
Calle Claveles 10 | Urb Monteclaro | Pozuelo de Alarcón
28223 Madrid | España | www.cuentodeluz.com
ISBN: 978-84-15503-24-8
Impreso en PRC por Shanghai Chenxi Printing Co., Ltd., abril 2012, tirada número 1273-07

FSC
www.fsc.org
MIXTO
Papel procedente de
fuentes responsables
FSC® C007923

Hoky
el lobo solidario

César Blanco

Blanca Bk

Había una vez, un pobre lobo solitario que vivía en las montañas que rodeaban una pequeña aldea llamada Almés. Junto a la aldea, existía también un gran lago donde nadaban los peces, los patos y los niños en verano.

Todos los habitantes de la región vivían contentos en un lugar precioso, lleno de praderas verdes y bosques densos de robles y castaños. En invierno la nieve lo cubría todo, los niños hacían muñecos y se deslizaban cuesta abajo con sus trineos.

Hoky, que así se llamaba el lobo, era el
único superviviente de la última manada que
habitó aquellas tierras. Los lobos, en invierno,
cuando las montañas quedaban cubiertas por la
nieve y no tenían nada que comer, bajaban hasta
la aldea por las noches y entraban en los corrales
para robar gallinas, conejos y ovejas.

Los habitantes de Almés, enfurecidos por las continuas pérdidas que la conducta de los lobos les originaba, decidieron organizar una batida y salir en su caza.

Al amanecer, se juntaron en la plaza del pueblo todos los hombres, armados con palos y escopetas y acompañados de sus perros.

Salieron camino de las montañas con la esperanza de encontrar pronto las huellas que los lobos dejaban en la nieve. Al poco tiempo, con la ayuda de los perros, dieron con el rastro y lo fueron siguiendo hasta que, en pocas horas, consiguieron capturar a todos los lobos menos a Hoky, que había podido esconderse en el interior de una cueva.

José era un pastorcillo joven y muy alegre que
cuidaba de un rebaño de ovejas que pacían por aquellos
lugares. A José le gustaban mucho los animales y
conocía todos los nidos de los árboles, las madrigueras
de los conejos y dónde tenían las cuevas los lobos.

José sabía que los hombres de la aldea no habían
terminado con todos los lobos, pues alguna vez vio
caminar solitario y triste a Hoky.

Un día, siguiendo el rastro de una presa, Hoky se adentró en un gran bosque de robles. Tenía mucha hambre, hacía ya muchos días que no comía nada.

Caminaba muy despacio, tan solo se alimentaba de pequeños insectos, raíces y plantas. Recorrió un largo y fatigoso camino por el interior del monte y, cuando ya estaba a punto de capturar a una presa, se quedó paralizado al ver que muy cerca de donde él estaba, en una pequeña pradera, había un hombre junto a un rebaño de ovejas.

El lobo sintió miedo, pues siempre recordaba cómo los hombres habían terminado con todos sus hermanos; pero tenía tanta hambre...

José, que ya le había divisado, le ofrecía un enorme trozo de pan y Hoky, con los ojos fijos en el pastorcillo, se sentó sobre sus patas traseras.

Comprendiendo el miedo que el pobre animal sentía y el hambre que debía de tener, José dejó sobre una piedra la hogaza de pan y se alejó de allí con sus ovejas.

Al día siguiente, volvió a dejarle a Hoky un gran trozo de pan en la misma piedra, y el lobo, en cuanto se hubo retirado José, se dirigió hacia allí y se lo comió con gran deleite.

Cada día de la misma forma José dejaba sobre la misma piedra alimento a Hoky, y este cada vez más confiado daba buena cuenta de él con gran apetito.

Así transcurrieron muchos meses, las nieves de las montañas se
habían derretido y el sol, con su calor, había pintado el campo de un
color verde intenso, brillante y jugoso.

Las flores de múltiples colores crecían por las praderas y todos
los animales de Almés estaban muy atareados buscando alimento
para sus crías.

El pastorcito estaba feliz. Tocaba su flauta y cantaba con voz dulce alegres canciones.

En lo alto de un gran roble, unos jilgueros habían construido su nido, y los pequeños polluelos no dejaban de piar reclamando su comida. A José le llamó mucho la atención el piar desesperado de los pequeños, y pensó que quizá a sus padres les habría ocurrido algo, así que decidió trepar hasta lo alto del árbol y contemplar con sus ojos a los pequeños pajarillos en el nido.

Antes, había metido en una caja de fósforos algunos insectos que juntó en el suelo para darles de comer.

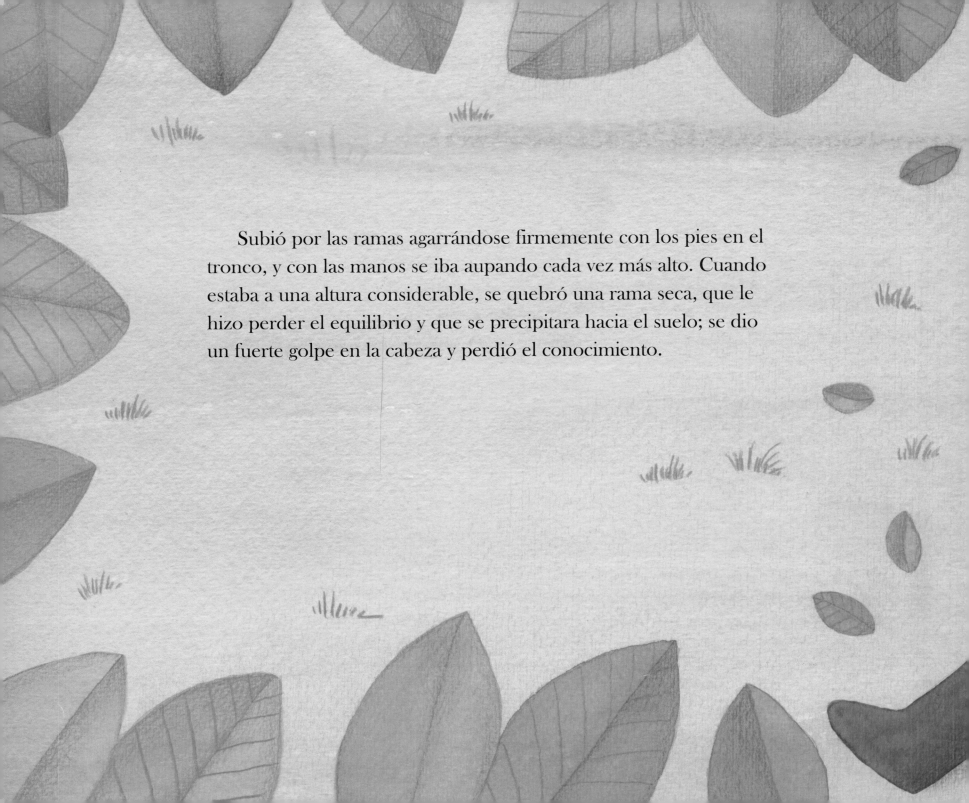

Subió por las ramas agarrándose firmemente con los pies en el tronco, y con las manos se iba aupando cada vez más alto. Cuando estaba a una altura considerable, se quebró una rama seca, que le hizo perder el equilibrio y que se precipitara hacia el suelo; se dio un fuerte golpe en la cabeza y perdió el conocimiento.

El ruido que produjo la caída retumbó en las montañas y alertó a Hoky que, curioso, se acercó hasta el árbol y descubrió al malherido pastorcillo amigo suyo.

Allí estaba José inmóvil y sangrando por la nariz y la cabeza. Hoky estuvo un buen rato mirando a José sin atreverse a acercarse a él. Una vez confiado, se le fue aproximando muy despacio, y al llegar a su costado, empezó a lamerle las heridas.

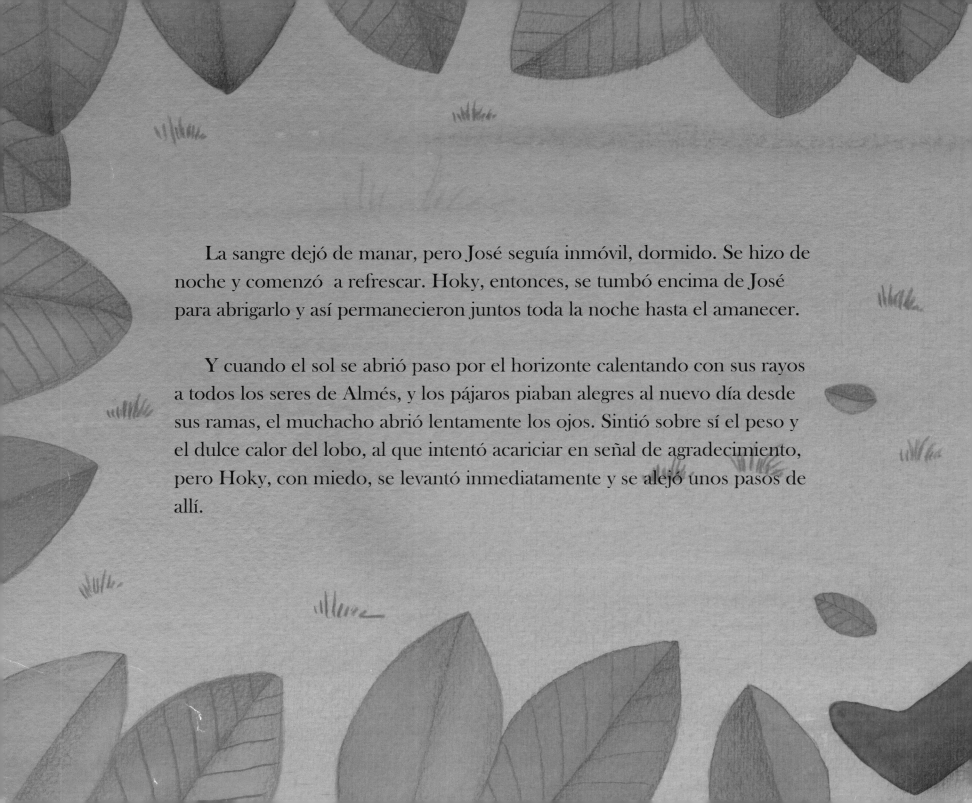

La sangre dejó de manar, pero José seguía inmóvil, dormido. Se hizo de noche y comenzó a refrescar. Hoky, entonces, se tumbó encima de José para abrigarlo y así permanecieron juntos toda la noche hasta el amanecer.

Y cuando el sol se abrió paso por el horizonte calentando con sus rayos a todos los seres de Almés, y los pájaros piaban alegres al nuevo día desde sus ramas, el muchacho abrió lentamente los ojos. Sintió sobre sí el peso y el dulce calor del lobo, al que intentó acariciar en señal de agradecimiento, pero Hoky, con miedo, se levantó inmediatamente y se alejó unos pasos de allí.

José con gran esfuerzo, pues le dolía mucho la cabeza, se incorporó y una vez estuvo de pie, con gran sorpresa y alegría pudo comprobar que no tenía roto ningún hueso. Hoky movió repetidamente su cola dando muestras de felicidad por la recuperación de su amigo y se alejó de allí rápidamente.

El muchacho, reunió su rebaño de ovejas, y se acercó al pueblo donde les contó a todos lo que le había sucedido.

Los vecinos escucharon atentamente y quedaron maravillados y extrañados de la bondad y nobleza del lobo solitario. Ese día decidieron que nunca más volverían a cazar lobos; pero José hizo algo más...

El pequeño pastor, con la leche de sus ovejas, había criado en su casa a una preciosa loba de pelo gris y ojos color miel, a quien llamaba Mila.

Cuando los hombres de Almés habían cazado a todos los lobos de las montañas excepto a Hoky hacía casi un año, olvidaron a un pequeño cachorrillo casi recién nacido que dormitaba en una lobera de la ladera de la montaña.

José, que conocía muy bien todas las cuevas de los lobos, rescató a la pequeña lobezna y, sin que nadie del pueblo lo supiera, la llevó a su casa y la alimentó y cuidó con mucho cariño.

Ahora Mila tenía un año de vida y se había convertido en una preciosa loba que jugaba sin parar cada vez que el pastorcito regresaba a casa por las noches. Ambos se querían muchísimo y eran muy amigos.

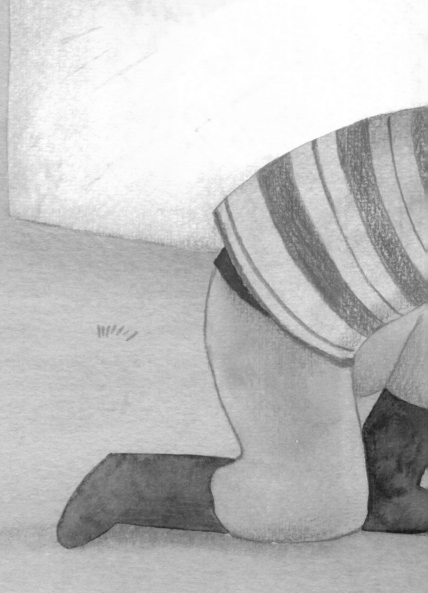

Cuando José se hubo recuperado de sus heridas, aunque con la cabeza aún vendada por el doctor, se dirigió al amanecer con sus ovejas y Mila al claro del bosque, donde cada día dejaba alimento para Hoky encima de la misma piedra.

Hoky, como siempre, estaba esperándole oculto tras los arboles. Cuando notó la presencia de su amigo José que se acercaba, empezó a mover la cola rápida y alegremente. El olor y los aullidos de Mila le resultaban algo entrañable y familiar que ya casi tenía olvidado. Conforme José y Mila se iban acercando, pudo descubrir con sus propios ojos la belleza de aquella loba. Entonces se puso a dar saltos de alegría e inició un profundo aullido: *«Auuuuuuuuuuuuuuu»* que sorprendió a Mila.

La loba miró a José como para preguntarle qué había sido aquello y el pastor le quitó el collar que le había puesto, se agachó a su lado, la acarició un rato y le dijo al oído:

—Ahora eres libre y tienes un compañero igual que tú para jugar, así que ve a buscarlo.

Mila salió corriendo al encuentro de Hoky y al reunirse con él, ambos menearon el rabo con mucha rapidez, se olieron, saltaron y brincaron como si estuvieran locos, y juntos se fueron donde estaba su amigo.

Mila se sentía feliz y lamía sin cesar las manos de su amo. Hoky, con un agudo y prolongado aullido, dio las gracias a José y después los dos animales se alejaron corriendo de allí y se adentraron en las montañas donde encontraron una cueva bien abrigada que convirtieron en su hogar.

José, cada día de invierno les llevaba alimentos y jugaba con ellos en el claro del bosque. Hoky ya no estaba solo, y pronto en las montañas de Almés volvieron a oírse los aullidos y a correr las manadas de lobos.

Los hombres del pueblo habían prometido no volver a cazar más lobos. Además sabían que estos nunca atacarían a sus gallinas, conejos y ovejas, pues José les había explicado que si los mantenían alimentados y les llevaban comida al claro del bosque en invierno, cuando la nieve cubría las montañas y los lobos no podían cazar, jamás entrarían en el pueblo por las noches, y todos podrían vivir juntos felices y contentos.

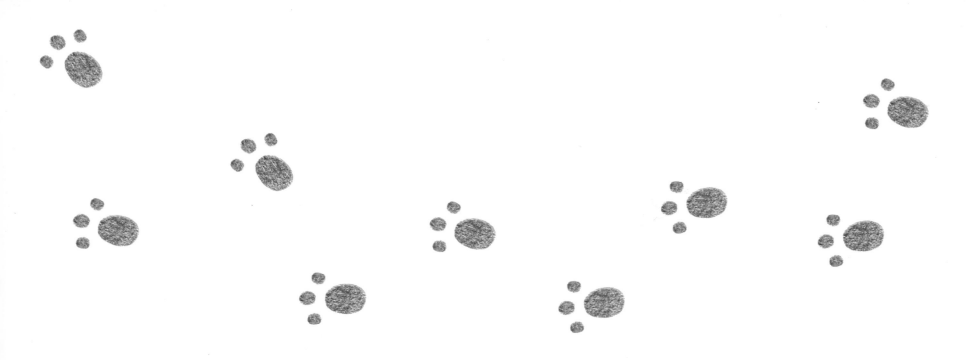